hikari series

尼安德塔樂園的嘆息

郭品潔

滅絕數萬年的尼安德塔人有骨骸和混血基因存世。不知為何，你我身上源自智人近親百分之二的基因，總讓我想起克拉科夫的詩人在〈有些人喜歡詩〉對詩歌人口的估算：「倘若不把每個人必上的學校／和詩人自己算在內，／一千個人當中大概／會有兩個吧。」這當然是樂觀的估算，更樂觀的估算會不會寫過詩或近乎詩的，一百個人當中大概會有兩個？做為兩個的二分之一，我有幸長自樂園童年，不息地聽見樂園消逝長存的嘆息，那嘆息中詩歌迫近我——如一股強大的基因流動。

——郭品潔

目次

萬安共和

膚淺的活力不該如此
可憐他淚眼汪汪
天國近了
沒有吃食，沒有紙

沒有藥丸
沒有您的眉眼讀出「我沒有寫
出來的和我現在不能寫出來的一切」
那裏有什麼

那裏有什麼
訊息透支
大到不能倒的善惡

一襲星宿

慫恿石頭投井
蠟燭懸梁
不是我愛嚼舌
駛過咿咿呀呀
三心兩意的河橋

誰在乎安靜
甚至——清白
兩個完美主義者舉杯
帶著擱置現實的表情

抹去血糖過低的汗漿
在原始社會裏癲狂就是
法度，被天氣和尖牙
驅策，始終輪不到

一段美好友誼的終始
它貴賤不拘
吞服夜晚和日子
無主義的自我無主義的自我無意識的境況或邊
界逸出自我的概念

而它沒有停步
失去一隻眼睛

早該告辭的王公
活過所有的日夢和不眠之夜

沒主題，沒條目
誰來收拾離散的筵席
一切成於共謀當我們
不聞不問之時它最強大

生活並不全由一筆勾銷的衝動構成
許多線索——太多了——
認知退化，感官戒斷
零星的槍火

掃過封閉的劇院
「長夏逝去，玫瑰凋零」
冬尼．班奈特令叫牌的
老人像個露餡的患者

把砲台公園的午餐取消
以融冰爭取時間
圓顱方趾，千歲爺
料養的心口爭先

在萬安站上車
一一交出自己的掛單
因為苟且是不帶啟示的救贖

因為世界不是另一個世界的對反

硬起來的乳頭何必
觸及夢中黏稠的自我奉獻
觸及我無依

的光，的黯，雙雙
被清晨的瓦特
點燃，從而免除
我思索的重力

來自乙太窮盡的野望
以百分之三明滅

殘存，息息的
「超乎
應得，我必
報應。」

眼淚果醬

眼淚這東西
沒辦法像街燈
天暗了便亮起
懊悔，煩憂
在髒地板上了結的塵粒
被遠在別處的錯覺留置
果醬寄到了
有喜歡的香橙
金梨口味也厲害
以前會抹遍整片吐司
現在習慣中間厚塗一圈
反正暫時不想見到塞滿培根起司的可頌
墜落吧，張開眼睛

不期待，不放手
腰痠背疼，甘苦
舔著果醬
錯過開往樂園的無名列車

它未曾進入我心

聲音聽見
按鍵鬆開了小號
正黑上裝，金屬扣
左手疊在右手上
它未曾進入我心

反復聽的不是
嚴肅也不是不嚴肅
留下的此刻又要離開
沒說出口的完好無損
它未曾進入我心

當我們被聽見

它未曾進入我心
蜂巢狀的海蝕岩臺
在陸地和海洋之間
結果和原因對他免疫
它未曾進入我心

最後一封信

所以是最後一封信了
雖然人間寄出的信無不
以某個字的以下空白告終

唯獨這個——「不要
再連絡，不要再給
訊息」——幾十年來

我跟你確實做到了
不可思議，愛迪達
「沒有不可能」的 Slogan 沒騙人

時不時發現

原來我們的世界之外
當年好多事在發生

如何消失，被更多無可
料想的東西取代（法學院
交叉口的投幣電話亭……）

二十一世紀我買了
一九七五年的 YAMAHA YB125
更早的帕卡 75 銀格

我們同年次的尾崎豊
YouTube 聽他一九八七年七月唱

到靈魂出竅的 Forget me not
莫忘今生的這些
與那些焉能不出竅
甚至沒有對誰提及

我有過一封多少年前
遺失的最後一封信
一封突如其來

橫越太平洋三十年
哪兒去了的最後一封信

我在一座死去的校園長大

光陰沒有鐘聲
野狗沒有骨頭
除了石器，土塊
藍色短褲

我和霸王草糾纏
央求陀螺自轉
雀鳥起駕，知了點兵
奶粉罐淹死兩隻青蛙

鳳凰木滿血降臨
雨漏的禮堂以黑絨
帷幕守住含糊的冷淡

晨昏從容消散

遠近的腳步繞過
竹林，溪潭，繞過
跳遠坑上燥熱的空氣
草叢撞見羊羔分娩

隔天日報地方版的
小方塊揭曉教務處
憑空捐軀的男主人公
「曾在藍田種玉，

奈何——」

一地淋漓的華年
中正路三百號
荒涼的豐廡
庇護我放開生命
攀援蜻蛉

坐在路階上

坐在路階上
擦身而過的世界
扔來一根骨頭
用衣襬，口水
將骨頭抹淨
收進帽子
有時覺得自己像個中彩的孩子

雷電華，美祿
阿瑞莎一天清醒兩次
不讓人靠近他的麻煩
被遠方帶去的汽笛
必忠街曾經是必忠街

有時覺得自己像個跳船的孩子

泅進空調
爬上浴室
感覺幾乎
癱瘓睡前的臉
有時道別雷霆萬鈞
我覺得自己像個萬福的孩子

告密者

屋子裏我的膝蓋
像一對告密者
在屋子裏發冷

開瓶器，集點卡
便利貼在冰箱上層
布下掩體和審訊室
磁閥間歇釋放電音
點名疏漏的心

對裁決幾乎一無
所知的背信棄義
扛起了尾巴

集結骯髒的海灘
明明不只一切

一個人需要幾只手袋

漂浮女神問我
一個人需要幾首哀歌
一個人需要幾只手袋
無時折磨我們的胃囊
蠕動，擴張
迎來糟透的等待
在等待的日子
保持品行端正
直到診斷出爐

有個聲音還沒有
被安全地帶吞沒——
漂浮女神問我
這是你要的哀歌
這是你要的手袋

疏離

血在便斗裏下注
白色巧言在後座演練童貞
漱口水調和時差

南方的夜不適合金屬
威儀和手在空中滯留過久
遲早失去黏性

離心臟太遠的勇於出脫
變色，槓上開花，跳
過緘默和喊價——

全天候暴露行蹤

腦中的碎片如何取信謊言凝視的眼睛？

不禁想到

我不禁想到你是對的。
那次從小屋下來
在轉運站對面租了間房，
夜裏沿主街不容易迷路
的方向摸索。上網查知
的夜店覓得了對象，幾杯
之後帶他回落腳處，讓他
做了當時你渴求的事。

當他問能否再連絡時
你給了一個杜撰的號碼。
我想你是對的：一個
撥不通的號碼令人難堪，

甚至氣惱，但它的
隨機，無意義，比起此刻
看著你的眼睛的我的世界
更像回事，毫不含糊。

尼安德塔樂園的嘆息

天使

但願上天派來施恩的天使
明白我陷得太深
離目標真的只差半步
不甘心但也沒得抱怨——
不打烊的急診室裏我苦著臉
忍住疼痛不想哀鳴
只要沒被人一腳踩熄
香菸會一直升空，升空
希望天使在乎的不只潔淨和心

我有膿包，牙洞，生化
高度不良的腺瘤
我這個走運的倒楣蛋

有權利打一通電話
我得告訴她別再費神幫我翻身——
去二樓前面房間書桌，左邊
往下數來第三個小抽屜
那枚黑色紅標的隨身碟
裏頭的光彩和蠢相應當可以
給她帶來——或許不只一絲安慰
至於那些離地和海洋
咫尺之遙的天空
（拖曳尾流的航機由它去吧）
請交還天使——看能否從
空中某個美麗自在的雲端
為我闔上眼睛

明星

——二〇二一年至一九七九年

過一陣子
味道就會沒了
老蹲著吃不上香
滿月的尖領衫
抵著未曾哺育的胸脯
威脅過剩的平靜和憤怒
何必滿足於
刮除身色
這洞裂，不滿的容器
你曾在那裏
苦練密室逃脫
除了文明和空氣
人生有更明確的目的

本片開始之前
上拋的球體
在粉塵中脫離軌道
侵擾失眠的領主
未公開的私照
交代了電子形跡
獨漏精確的地點
和具體的情緒
千夫長赤目
睥睨星子的招納
高舉矛槍
斷杖，闊斧
明亮的聲音碰撞事物

撕去黏膠
揭示它要到來的敕令

退貨

半島加油站的衛生間
供應曼哈頓特調和捲心酥
星宿底下，水域
像清空的五金行

徒留鏽粉，油脂
存有論摸回籠子
捂住心律不整

腺體衍生的枝節伴著
「已完成」的提示
取出票卡和找零
檢驗單提示本月的認識論

一個單詞憑藉羞恥把鞋套好
抹淨臉，拉直衣服
跟上——

盤商不放水
成色不足
我被退貨

深喉嚨

沿膛線布建迴路
傳遞斷續的問答無用
出入的異物在
週間午休和假日
傍晚負載過度的
情緒肥大，任由
噩夢與傲慢

以不成比例的流量
干預主旨賣弄破綻
羞恥被迫敞開
動盪中通過摩擦

控制心的收縮

為愛效勞

他的聲音沒有別人

細漢仔，像蝸牛
他的聲音沒有空氣
死活開不了門的聲音
即便遣來兩名凡夫和一枚
英魂，他向著深淵而去
早就習慣拒絕他的人說：
是，是，阮理解，理解你
的不快，痛處——俄羅斯
魔塊般——怎麼扭轉
怎麼回到一枚固體
他向深淵而去
緩慢的，不出聲
通過，繞過每個理由

繞過地獄向深淵而去
別的人忍受自己，塵世
冤家——而女人忍受一切
連同來世一切的那位女士
（那位女士）
他的聲音沒有別人
彷彿出自肺腑，已經
把坑挖妥

法西斯劇院

去法西斯劇院看戲
歡迎，我的寶貝
我的血肉。散場時

他們讓一隻狗跟我回家
歡迎，我胃口奇佳
什麼都屬多餘的那種胃口

歡迎，我的寶貝
他搖尾巴撓爪子
在門邊催我撈出鑰匙

歡迎光臨法西斯劇院

他蹭開冰箱的門
叼出啤酒——
汪嗚
還早
時間還早
我們一起
款待良夜
冷落賓客
歡迎
我們大可以

冷落良夜
款待噤默

星期五晚上

小心地窖
小心全白的地窖
兩位女士邀我
星期五晚上
攜帶各自
的異語朗讀
荻金生——
唆使字句離席

「她損失的令我們的獲益汗顏——」
一扇門冷不防
打開
雲灰色湧入

十一點——守衛探頭比了手勢

查無此人

有個什麼的氣味
教人止步的氣味
止步

不確定是
誰
迷湯

灌迷湯
紅，綠
滲著汗水

蒙福的

略過的
喊名字不帶情感

價錢公道
更添風味的日子
時時候教

取扱注意
天地無用
塵封的現場

一樓結界
二樓貼著招租

三樓簡直——
意識被送到
出發點
撕開包裝
換了顆電瓶
拴緊陽極
陰極
拋光罔兩
幾時悶壞的
有那麼一天的味道

準時離席

告別阿叔後
坐進排班小黃
一個U轉
經過母校建物區
駛上建國高架
哭泣過的眼睛
在墨片後望著窗外
心中所想的一路後退
統派收掉了獨派
收掉都會中僻遠的角落
收掉開刀房麻醉的意識
收掉玻璃散射的碎影
收掉幼年的陋巷和水抽仔

一個低沉的聲音收了車資
在南京中山路口放我下車
忍著尿意以三分之一步速
朝咫尺的酒店烘焙坊前進
向筆挺的門僮說謝謝
白色提袋裏的果仁牛軋糖
和手工麵包跟我一起返頭
加快通過大路口。停了兩次
之後電梯在八樓單獨釋出我
操南部口音的櫃台親切找出
寄放的行李，讓我到餐區
按一杯換新豆子的咖啡
進廁所尿尿，捧水

潑臉，用擦手紙抹淨
在靠窗的桌位取出筆電
花時間選好提前歸返的車票
酒店提袋收進備用的帆布包
操南部口音的接待親切換了張
新單子，再次讓我寄放兩件行李
踏入最左側開啟的電梯
朝櫃台揮手，回到正午
天光底下熙攘的騎樓
我不知道能去哪裏
我只知道要去哪裏
出語喚了俯身調整
水冷扇的帶位員兩次

豎起食指重複說「一位」
進到店裏管事的服務生
告訴我只剩吧檯和戶外區
看了看，我指著門外的
雙人桌轉身過去落座
翻動菜單間，女士小姐們
已經佔領門廊和巷道的候位
獨來的兩男先後坐上吧檯
影影綽綽隔著落地玻璃歡快著
我聽見自己點了維也納咖啡
焦糖香草冰淇淋鬆餅
然後喝幾口杯水
掏出錢包和側袋裏的詩本

「你突然出現在一座已經消失的城市。」

「你一定在什麼地方，對嗎？——尼克·弗林」

我放棄。我總是可以放棄吧

眼看陣容更形壯盛的女士小姐們

翻開黑色合成皮面的帳單本

機器打印的感熱紙列出桌號，餐品

金額。底下還有幾行說明：

本店有入座時間兩小時限

如需延長用餐時間，需再次飲料低消

開桌時間　　：12：10

最後點餐時間：13：40

預計離席時間：14：10

……我用不著
我用不著延長時間
我準時提前離席

秋冬之交

用半邊身子頂開
還潮著的夾克
瑞干，摩里士
先後通過陽臺底下
好一對可口的活物
為了無由知曉的原因
今天我迷失了

這裏不會有誰復原
耳目的哀榮
——（女士們）
喪禮歌手青黑的
墨鏡在無人邊際閃射

今天我迷失了

我迷失了
逆向
搖曳於失焦的畫面
——「堂堂正正」
「活活潑潑」
（有效的話早也過了期限）
卸除一概責任的小公園
在五叉路口接送學童的
騷亂和秋冬交替中
隨電子鐘聲冉冉
如離地的舊天堂

今天我迷失了

你有我的離地高度

你有我的離地高度
你有我的天使薄荷
你有我成年的罪狀
要不是太晚了
你有我的兩者皆是

如果每張紙明智而神聖
夜晚以前不像隻鴿子？
帶著可怕的是，否
彷彿為了證明兩條腿不實際
天空降下雨水，淋濕雨傘
淋濕兩腿支起的無足輕重

你有我離地的無足輕重
睜大眼睛拚命命留住淚水
從而延長已經看不見的遙遠
希望那裏跟世界一樣完美
有的地方潮濕一些
彷彿為了證明失望的

感覺觸及你的離地高度

所以不用同情我

「單相思過了五十年也會成為寶物」
星屑蘇打兩份外帶
起霧的車窗寫上辛苦了
瞧著往下邁開的腳步
扔不掉的東西使人孤單
摩天輪可記得遠際的
自己和親吻的彆扭
胸臆被不耐煩
的咂嘴聲淹沒
不懂說些什麼對我來說很正常
與其求人理解毋寧封口
不能屈從，不能再讓害怕
任意控制我的有與無

即便不是撒謊，也充斥
已經不再的回音侵擾
兩天為限，去個什麼也沒有的地方
被扼殺的情感浮出
疤口長了歲數
倖存的熱與塵
在五福三路烤焦了
塗白的約定
夜更拍擊嗚咽
沒人住，卻似乎有誰在裏面
記仇的你有地方去嗎
價碼如此，輸贏如此
煙囪夢裏如常吐息

照理聽不見的示警
儘管有些不精確的模糊
任何一個世間的時刻
在能夠應付的方寸之地
破口持續同樣的里程
薄薄一層汗水接管最後的漣漪
對心動無情是下一站在那裏的證明
所以不用同情我
單相思過了五十年成為寶物的單相思

未經邀請的光

那時候我抽的菸
冊本，錄音帶來自
地下，那時候
的地下沒有入口
沒有出口
通道未明
漆黑裏沒打字幕
缺乏善意的警語
形色渙漫的輪廓
被掩去大半
未經邀請的光一閃一閃
彷彿來自迷宮的路條
而今我已丟失

無論什麼時候，我叮噹作響，我後悔
遲鈍和虛無，我後悔
二月加減時間
架上的變形記凹陷
在屋裏的每個地方警戒
儘管沒人付他危險津貼
不再隨意脫身的附魔者
從地下發來短訊
帶著雙倍的回音
告訴我曾經的滋味
而今我已丟失

盡可能

盡可能艱難——
盡可能輕易——
留下的
殊途同歸

以誰的座標過活
已經夠兩光
晚睡的
騎一匹死馬
前進

跟塔索說再見

混淆仍是脫困慣用的手法
晚餐有中午吃剩的麵糊
做明星別指望按時返航
羽毛一根逆風那樣去彎
探測器伺機靠近你的金髮——
如果不是人生不可捉摸的
就是這麼多——塔索，如果
不是就是這麼多。又一次消失在
尼安德塔樂園，爬上鬆晃的鉛管
閃過護欄尖口，穿過默片般的走廊
光陰中那興味還在——
前世紀一頭栽入青潭的嬌子
長了手，長了腳，怎不捧住

一路的滴滴答答，在二月岸邊
單獨刷過洗過，躺下缺角的歌
大聲說話，死去的心中大聲說話
如果不是就是這麼多
被人肩頭扛起的時候
茫然吁喘勝負已經結束
塔索，能不用開心真好
暮色裏肢體微微融解
手和唇最先乾燥
「醒了。」
「三點。」
「以為快七點。」
「賺到四點。」

「夢裏的時間…」
「夢裏的時間。」
「有滋味嗎？」
「什麼滋味？」
「夢有滋味嗎？」
「有，很多滋味。」

甚至那不能算謊言
心神崩潰的智者說：「人
是需要理由的動物。」
和房間的甜蜜譜夜曲的理由
說不說一樣害人發情的理由
凡事相信不肯解釋的理由
智窮加上修辭的惰性

罐裝的心醉神迷疏通七竅
為珍重其身的人炮製災難
美，比愛更是一把水槍
至於那包白底，美麗的菸
閃卡，幾時拍下的電視畫面——
畢諾許側臉底下打著字幕：
「一個很奇怪的日子」
端詳它，它們，手指觸摸
翻動，讀了又讀的字體和顏色
其中過量的成分幾乎，幾乎
就是這麼多，——塔索，原來
美，比活著更是一種賭注
把手頭的尊嚴押上也不奇怪

時間看著，但眼睛已闔上
歌遠在人類之中
青潭落托的嬌子
春光酴醿的嬌子
聲色不夜的嬌子
人生不可捉摸的——
無私的沉靜把難了
的帳目一舉塗銷
對日復一日的苦甜慷慨
說晚安，午安——即便在
「一個很奇怪的日子」——
失去的與被回報的愛
是，塔索，夢裏外

的就是這麼多

尼安德塔樂園的嘆息

到我目前所在之地

「能不能見個面」

「咦，去哪兒見你」

（找出我來）

「到我目前所在之地」

「那是哪裏」

「我也不知道」

「那麼……」

「你目前所在之地」

「有沒有什麼地標」

「有沒有建築物或車站」

「我不知道」

「好，我知道了」

「那——」

我很好，我很抱歉
前額在燈下散發柔光
對於無邊的注視
回以陷入困境的姿態
像個草草許下的願望
夾在課本裏，上頭
擱著用過的點心盤
盤裏有揉皺的餐紙
鮮奶油圍繞著我們
除了由西而東公轉
哪有不沾手的選擇
沒吃午餐
獨自午餐

十萬八千公里時速
一則發給人間的刺青
少於你的詩行
指甲做了，身體做了
在感官那裏受累的
愛情的步伐，生命的形狀
最早進來，最後出去
自以為獨自受苦
忘掉一年四季
為不計代價的虛耗受苦
如果沒有指引
是什麼讓她在你眼中迷失
把握不住的由失去的東西收留

在時間發現消失人口之前
還看得見的朋友刻意明亮
把飛濺到臉窩的什麼擦乾
垂目的石像把它的幽影投向遊客漫步的人行道
他們從賣店和咖啡館得到滿足與款待
還有興致走動消磨剩餘的時間
受尊敬的石像把它的幽影投向消磨時間的遊客
當下午陽光從燦爛變得宜人
遊客戴著墨鏡走過變淡的幽影
享受涼風吹拂脖頸和手臂的舒爽
涼風吹過那些形態美麗，受尊敬的石像
美麗，不受左右的姿態
到我目前所在之地的姿態

兩個人埋葬什麼

我沒有要流的淚
攀過巫山
幻想放上天秤的一切

眼睛蒙著
讓聲音跳動
步兵、騎兵、砲兵

此題無解
蕭士塔柯維契
不能再愛而來的

痛苦掩不住

魯米諾反應
稀薄的光景

說的也是
忠貞不是
該由我決定的代價

即便如此也不相信
多久沒有抱持的希望
走不動的人

被雨腳趕上
一紙鹹濕

分明

鹹濕的宣言
怎麼致命怎麼可口
其中沒有絲毫

聲東擊西的勾當
已經翻過的章節
回到底定之前

臉趴地縱然
不是更好的選擇
我沒有跳下去的勇氣

不留一滴的因緣泡湯
貪婪勝似慈悲之苦
再次攪動我們以為

其他人在做自己的錯覺
你也成立，我也成立
垃圾填補

如麻的缺口
依存人各有時的設局
吐納有害

耳目有害
絕緣這般
脫去鎧甲

獨眠有害
早晚有害

美人

全部她都知道
一開始說過了
相去八千里
想不到必須
為昨天道歉
不，真難為情
「人生就是相逢」
跟美人相逢
時間被時間消化
一襲白點罩衫
收下全部的衷曲
數到萬一

不想被討厭
不想被注目
過了那夜之後
沒喝乾的杯底
充滿意義
毫無力量
能回敬的不外乎
叉子喝湯
自言自語
手持受潮的仙女棒
這裏搖曳
那裏搖曳

回診

更年期在退化很快
難睡最痛苦
都跟人說能睡就是好命
八點初頭報到
癢痛不拘
排排坐的罪過

翻點別料想了
過年後人越來越多
怎麼對診間坦白
天高地厚
買一送一的日子
飲水機是觀音

便斗以寡敵眾
電梯痴漢擔當
燈號無限分割原點
輕重一滴
不完全匿名俱樂部合計
贏了走人

沒贏走人
被好命送達的斯人
領了月份
屎溺，氣色
料理發酵的童貞

印表機跑出批單

血單，預約單
候診椅回到不確定之外
自動門被按開
下半晡已完成
瞇眼走向
停車格的來者

短命的樂團

從結案的那刻談起
主力近因不太重要
畢竟每條命無一

例外死於死亡
過度防範，衰竭
的心腹發黑，如何

出脫現實，以清醒
的話語陳述個案：
你旋上消音器

配給的彈料擱在枕邊

好奇連同失落的感覺
如此貼近靈魂的替代物
像個短命的樂團

有歲月而無年紀
背離那個就要理解的時刻
免費的掌聲和夜空使人過敏
天風在熱帶性低壓中放歌

地平線隨星球搖晃事物
的慣性——沒力氣
鬆手，被種種記憶
出賣零星的同志

額葉言

有

誒誒誒誒
有有有
額葉言誒有
誒誒誒
有一
有音樂月
有有

額葉也
也一樣

惡意有
也隱約
惡意月惡
意有一
額葉音樂

影音音
有
誒誒誒
有一樣有

也要誒
誒誒誒

有

有額葉言
也有有
有
有也一
額葉
有
誒誒誒耶

有一樣

也要誒誒

誒
影音誒誒
有誒誒有
有有
誒誒誒
額葉言

影音誒
誒誒誒一
樣
影音
有有有誒誒誒せ

影
音

額葉言誒
有有有有
誒誒誒誒
誒也有
有有額
額葉也一有
樣有額
有有也一樣
影也額

有額要誒

要也誒誒
有誒也要
誒一樣有

有有餓

有誒誒
誒有也
額音樂
意
影音有誒
誒誒誒有
有有

一惡意有
額誒誒
有阿夜有
額餓誒

影音
也要有
也要有一樣
有音樂營

我誒誒
餓餓

有有要誒
有五楊
有誒誒
影音誒誒
有有誒誒

一有額
餓餓誒我
有
有有

有誒誒

也餓餓額
有有さ
意誒誒一
一餓
額有餓餓
喔也也額
也也額
也要有
餓餓
有せ惡
有喔有餓
也有有有さ
也一樣餓

也也額
額一樣
也額有有
我爺爺也
我額葉也
有有有
餓餓額一
有五也額
有也額餓
有有有額額

我有有有

我有
有

影音餓
也額額葉
我我
也要為餓
有
有
我一眼餓
有額有誒
誒誒誒
有有喔

餓餓有
額葉餓餓
影音
額葉言
一樣有誒

有餓餓額
也有要

惡意一額
也有餓餓額
額也有

額
有有葉一
有餓喔
喔誒誒樣
額葉言

額
影音額有
有
有一樣
額額葉
額葉一餓樣
一樣

有
有也有額葉一樣
額葉言

額一樣
有有有
有惡言餓餓有
也額一誒

我有
有有餓

餓有
有有有

影音一
也額
額惡意
有有有
有也要
額額有惡意
有額也額影音音
有
有額葉

誒有せ額
餓餓額せ
影音
餓餓額有さ
有一誒一
誒誒誒

歐陽額葉

有有餓有
有有せ有

也有u也
餓餓せ額葉也有
有有額さ有
有有
一影音
有誒誒

額歐
一有
額一樣有
額一有
有愛歐額
要有也

有有有有
有有有有
也一樣
有
歐陽英樣
譯額葉

有有有

有

影藝

餓餓有也

有有也

有有有

有有有

額葉言

惡意有

有有葉也言言

惡意

惡意有有
影音有有
也有
有一樣
餓餓有

也意
要有有有
影音有
有有影音有
有額惡
有意有

額餓餓有
惡意有
有有有
有
餓餓有一樣有

影

額一樣有
有一樣

有額葉
言言有

有有
也有有
有惡意
有有有
有有音遙
有有有
額有有
有有有惡意
有有一有
有有樣有
有有

額樣

有　樣

惡意

額

餓餓

誒誒誒

惡意誒誒

誒

意ㄝ

拉法葉墓園

和平勝利路口
馬車，南瓜
帶著火焰
從天而降的載具
撤離區視野良好
茱麗葉與羅密歐
對聲名不值一顧
共度了無新意，住家
又不在家的時光
生之幻覺消失
對望的眼睛收乾
天色丈量所有尺碼
非必要的機能化作青煙

無體繁殖萬千於
拉法葉墓園
車水馬龍的現場
諸事悄然而至
每天皆是復活節
黃玫瑰，秋英
垂淚天使
凹凸的銘文
紙人戴起高帽
半個城市的子民曾經
為了之前的事，像林子
裏的一棵樹那樣站在這裏
用鼻孔呼吸

避免露出牙齒
因為之前的事
送來拉法葉的生靈
不靠吞吞吐吐過活
不必當心似曾相識
不慈善，不怪罪
守住清白的弦月
清喉嚨時撥開旗幟
幽會之夜，讓它
愛上眠床，許下諾言
像一棵樹那樣分泌半徑
辦到慢慢能夠辦到的事

冬天的鎮立泳池

注意到直升機往巴士海峽飛時
泳池的我臂膀貼耳，朝天
箭步穩住磚色地面

影子的我像某種聚合物
旋翼攪動真實的四分之一
兩座過濾桶從後頭機房

發出阿爾巴尼亞紅色
房間的呼嚕。沒了
五官的落葉在池底

和氯錠會合

有哪一天是完美的——
除了星期三

給遠地故友去電
從聲威與魅惑
退役的 Seville V8

剩下心跳和通體的粉紅
在停車場入口左側
遼闊如網紗

到赤牛嶺的晝夜
更衣鏡和光收下

形而上的氧化

體溫在軀殼之外
模模糊糊想起
幾時的一個擁抱

今天在每一天之外
一種比開放更無端的時間
一種比結束更無邊的終點

她撕下一張公道的
價錢，流雲附贈青空
我脫衣將影子的手腳抬起

您憑什麼

「您憑什麼知道
我的心是無邪的！」
憑什麼知道——一個天生不全
彆扭，寡合的
在您塗了白粉的——夜裏
黑漆漆的您用自己的兩隻手
蒙臉紮起烏髮
拖木船將口岸託付川流
風巡過草場長椅
摸不著邊的遲疑和
餘勇不足的回覆
憑什麼——沒來由地
歡合，騰空腿肢交纏

黑漆漆的街道您用自己的
手掏出漆白的泡影抛給
當下無感的以身體
無言呼喊告終的您，所以
這樣的夜晚我所能做的就是
騙自己憑什麼知道
您的心塵埃留不住——

一顆易著涼的露滴
憑什麼游開您的心

魔鏡，彩虹，卵石（後記）

——一頁之邀（二〇二四年五月廿九日 中央大學講詞）

1

白紙
The Blank Sheet

Paul Valéry（1871-1945）

的確，一頁白紙
In truth, a blank sheet
用空白宣告
Declares by the void
沒有任何東西的美可以
That there is nothing as beautiful
和那不存在的相比。

As that which does not exist.
在白色紙面的魔鏡上，
On the magic mirror of its white space,
靈魂看見眼前那方我們用
The soul sees before her the place of the miracles
符號和線條一一令她甦醒的奇蹟。
That we would bring to life with signs and lines.
這般顯現空無的存在過度刺戟
This presence of absence over-excites
同時癱瘓筆桿再難抹滅的揮灑。
And at the same time paralyses the definitive act of the pen.
凡美皆有一嚴禁觸碰之境
There is in all beauty a forbiddance to touch,
從中散發我無從把握的神聖
From which emanates I don't know what of sacred
止住了運筆，並且讓人

That stops the movement and puts the man
顯得幾近自我畏懼。
On the point of acting in fear of himself.

2

那隻魚
The Fish

Elizabeth Bishop（1911-1979）

我抓到好大一隻魚
I caught a tremendous fish
拽住他在小船邊
and held him beside the boat
半身離水，我的鉤子
half out of water, with my hook

命中他口唇的一角。
fast in a corner of his mouth.
他沒有掙扎。
He didn't fight.
他絲毫沒有掙扎。
He hadn't fought at all.
他垂掛一身咕嚕嚕的重量，
He hung a grunting weight,
落難，可敬
battered and venerable
自若。這裏和那裏
and homely. Here and there
他褐色體膚垂布著紋路
his brown skin hung in strips
像古早的壁紙，
like ancient wallpaper,

上頭的圖案褐色更深
and its pattern of darker brown
就跟壁紙一樣：
was like wallpaper:
形似盛開的玫瑰
shapes like full-blown roses
在年華中汙損掉色。
stained and lost through age.
他斑斑點點附著藤壺，
He was speckled with barnacles,
細緻的石灰玫瑰花飾，
fine rosettes of lime,
還染上
and infested
丁點大的白海蝨，
with tiny white sea-lice,

底邊兩三莖
and underneath two or three
綠草殘梗垂蕩。
rags of green weed hung down.
他的鰓兀自空吸
While his gills were breathing in
可怕的氧氣
the terrible oxygen
——嚇壞了的魚鰓，
——the frightening gills,
鮮而脆的充血，
fresh and crisp with blood,
輕易可以割傷——
that can cut so badly——
我想起粗韌的白肉
I thought of the coarse white flesh

肌理封裝如羽毛般，
packed in like feathers,
大骨頭和細刺，
the big bones and the little bones,
懾人的紅與黑
the dramatic reds and blacks
那些泛光的內臟，
of his shiny entrails,
還有粉紅的魚鰾
and the pink swim-bladder
像一朵大牡丹。
like a big peony.
我盯著他的眼睛
I looked into his eyes
比我的大上許多
which were far larger than mine

但薄了點，呈黃色，
but shallower, and yellowed,
虹膜凹陷並且用
the irises backed and packed
暗淡的錫紙裹著
with tarnished tinfoil
目光穿越那
seen through the lenses
刮傷的魚膠老鏡片。
of old scratched isinglass.
它們輕輕游移，不是
They shifted a little, but not
在回應我的注視。
to return my stare.
——比較像
——It was more like the tipping

某物趨光的傾斜。
of an object toward the light.

我嘆賞他不為所動的臉，
I admired his sullen face,

他顎部的構造，
the mechanism of his jaw,

接著瞧見
and then I saw

從他的下唇
that from his lower lip
——如果能稱之為唇——
—if you could call it a lip—

冷峻，水潤，武器般，
grim, wet, and weaponlike,

垂掛著五條之前舊的釣線，
hung five old pieces of fish-line,

或者四條和一條鋼絲
or four and a wire leader
導線上頭的轉環還在，
with the swivel still attached,
它們足足五支大鉤子
with all their five big hooks
斷然長在他的嘴裏。
grown firmly in his mouth.
一條綠色的線，尾端綻裂
A green line, frayed at the end
被他從那裏扯斷，兩條線比較粗，
where he broke it, two heavier lines,
還有一條黑色細絲
and a fine black thread
呈卷曲狀如同他脫身
still crimped from the strain and snap

時拉扯俄而繃斷的當下
when it broke and he got away.
像是幾枚勳章繫上綬帶
Like medals with their ribbons
綻了線招展著，
frayed and wavering,
一撮五根鬚毛的精明鬍子
a five-haired beard of wisdom
垂在他生疼的下顎。
trailing from his aching jaw.
我左看右瞧
I stared and stared
征服感充盈
and victory filled up
這艘租來的小船，
the little rented boat,

從艙底的積水
from the pool of bilge
油漬暈散一道彩虹
where oil had spread a rainbow
繞著生鏽的引擎
around the rusted engine
旁及戽斗鏽蝕的橙紅，
to the bailer rusted orange,
曝曬龜裂的橫坐版，
the sun-cracked thwarts,
繩索固定的槳架，
the oarlocks on their strings,
船舷邊——直到一切
the gunnels——until everything
都是彩虹，彩虹，彩虹！
was rainbow, rainbow, rainbow!

我把魚放走了。

And I let the fish go.

3

卵石
Pebble

Zbigniew Herbert (1924-1998)

卵石
The pebble
是一種完美的造物
is a perfect creature

不多不少於它自己
equal to itself

心懷自己的界限
mindful of its limits

確實充滿
filled exactly
卵石那磊磊的意義
with a pebbly meaning

帶著某種氣息不會勾人想起任何東西
with a scent that does not remind one of anything
不會嚇走任何東西不會激發欲望
does not frighten anything away does not arouse desire

它的熱衷和冷淡
its ardour and coldness

恰如其分而飽含尊嚴
are just and full of dignity

我感到一股沉重的愧疚
I feel a heavy remorse
當我把它握在手中
when I hold it in my hand
而它貴重的身軀
and its noble body
被造作的溫熱滲入
is permeated by false warmth

——卵石不能被馴化
——Pebbles cannot be tamed
到終了它們都將看著我們
to the end they will look at us

用平靜且清澈異常的目光

with a calm and very clear eye

Translated by Peter Dale Scott and Czeslaw Milosz

4

美人

Beauty

郭品潔（閱本書第一三〇至一三二頁）

5

女士們，先生們，——「一頁之邀」。今天有幸受邀來到央大，來到這個講堂，想來我們都不是無辜的；我們一定曾經在某個時刻，自願，或者被迫受到引誘，接受這一頁——空白頁，和這一頁——書寫頁的邀請。如果邀請你的恰好是詩歌——像今天的例子，那麼，這種邀請勢必兼具自願和被迫這兩種情狀。

各位手上有四首詩，前三首是我做的翻譯。寫不出東西的時候——也就是絕大多數時候，為了磨練，保持語感，我會想辦法做點翻譯。我選來操練的英文詩，多半已經有好幾個版本的中譯。這些詩，給我的指令很明確，就是做出更好的中譯。這些傑作要求有人效勞，要求更好的理解和創造。這正是每一首寫出來的詩歌對每一位可能的讀者所提供的慷慨的邀請。

翻譯詩歌的時候，你得把辭典——中文和外文辭典——攤在手邊，一字一句，一讀再讀，這個一讀再讀，就是經由語言——以翻譯來說，至少是兩種語言，經由字句斟酌，把時間擱置，放入括弧，把時間顛三倒四，翻來覆去，進一步，退兩步。這個過程，會讓你擺脫一貫時間弄人的狀態，讓你至少不會無聊。牟宗三說他的老師熊十力說：無聊就是俗。做翻譯的時候，詩歌全副武裝作用在你身上，讓你不會無聊，讓你不俗。

6

今天，我會把力氣花在這四首詩的文本上，這不代表我認為詩歌的語境無關緊要。把一首詩放入時代的政治氣候和文化背景，把一首詩放入作者本人的全部作品，放入某種文學傳統當中，用她來創造，支撐某種學術觀點，當然是文學批評的本色工作。但我同時以為，一首詩僅憑她本身的物質皮肉，僅憑她部分的骨骸就可以說出整體。特別幸運的是，今天這四首文本，就我所知，幾乎沒有用上左右感受理解關鍵的典故，不管是傳統的，或者私人自傳性質的典故。

以文類來說，相對於詩歌的文字，是散文，散文裏最厲害的是長篇小說。有智者說長篇小說的主題只有一個：背叛。理由呢，不知道。要我猜的話，或許是因為人是渾身充滿缺點的血肉之軀，因為人是一考驗就倒的動物。

反正長篇小說的主題只有一個：背叛。我要在這裏搭便車說，詩歌的主題只有一個：變形。順便一提，背叛，其實就是一種變形。背叛的理由在於，人是一考驗就倒的動物。奇妙的是，這種動物創造出來的詩歌，竟然能夠通過考驗，成為語言自我保護，自我更新，拒絕自我背叛的根據地。我是不是過度神話詩歌，淪為某種語言拜物教的狂徒？我不知道。多久以前，我就把這種考量拋諸腦後了。

好，今天說教的部分我希望到此為止。

7

我們看第一首，瓦雷里，也就是梵樂希的〈白紙〉。這首詩用十三行，正面闡述了詩歌之為物的奧義。

他說，詩的前語言狀態是一頁空白，這種空白，是不存在的美棲身，存活的魔鏡。形式上，詩是符號和線條的組合，靈魂經由這符號和線條的組合，辨認出她被凡人喚醒，成為在世存在的奇蹟。這奇蹟的核心是可怖之美，對符號和線條施加嚴禁觸碰的神聖禁令，以空白的深淵沒收運筆，冒犯神聖的詩人隨時會被恐懼吞噬。這恐懼來自有限對無限，對空無之美的揭露。其實被冒犯的不僅是不存在，不僅是無限，抒情這件事，依我看，就是對世界的冒犯，因為詩歌所創造的抒情，在所謂的生活世界當中，就像嘴中的異物。詩歌，當代詩歌，跟當代藝術一樣，是你沒辦法對母親啟齒的東西。

好，變形就這麼回事：白紙變形為魔鏡，魔鏡變形為符號和線條，變形為詩歌，再來呢？詩歌來到最後一行，最後一字，來到字的以下空白，這整個過程的產物對你，對我，對在世和來世的存在與非存在發出慷慨的邀請，邀請我們去觸碰靈魂甦醒之美。

8

接著，我們會看到，魔鏡這個平面的隱喻不夠用了，它必須變形，變為立方體的稜鏡。我們看第二首，伊莉莎白．畢曉普的〈那隻魚〉。不知道各位感受如何，詩的第一行——「我抓到好大一隻魚」——在我看來石破天驚；這麼簡要，直白，卻在瞬間喚醒人類這個物種——

不，不只人類，它喚起所有肉食動物基因裏的全部戰慄。因為獵食，先於繁殖，它代表熱量，代表蛋白質，代表你和你的社會關係者的今天和明天。「我抓到好大一隻魚」，然後呢？然後我們直接翻到最後一行——「我把魚放走了。」——又一行不能再簡潔的句子。從一個攸關存續的捕獵動作開頭，以一個悖反基因無上命令的動作結尾，剩下頭尾之間的七十四行，在這接連的七十四行裏，畢曉普為我們演示，除了求生，人類可以演化出何等的感官和心靈，變形為詩歌清醒而夢幻的聲音。

「我抓到好大一隻魚／拽住他在小船邊／半身

離水，」一開始是手，肩膀，腰背，腿的肌肉在說話：中了，是魚，好大一條，一口氣把魚的上半身拉出海面，抵著租來的小船船身。金屬鈞鉤死命咬緊他的口唇，這傢伙別想逃，也放棄脫逃了——「他絲毫沒有掙扎。」有個什麼，或許是估量自己還要再喘幾口氣，詩人沒有顧著趕緊把魚拉上船。這空檔輪到眼睛，視神經，和心思同時上場，其綜合效果幾乎是直覺性的移情投射：「落難，可敬／自若。」對畢曉普孤寡離散的人生際遇那怕只有一點最粗淺理解的我們，應該可以從這三個字彙辨認出某種對號投射的情狀。但詩人的理智隨即介入，發揮她冷靜內斂的觀察和描寫功力：古早壁紙般的體膚，寄生的藤壺，海蝨，幾根綠藻勾纏。一連串描寫拉開足夠的距離，顯示詩人對客體，對海洋生物的熟稔。在我們被牧歌般的音調催眠，收服，就要落入昏沉的危險之際：「他的鰓兀自空吸／可怕的氧氣／——嚇壞了的魚鰓，／鮮而脆的充血，／輕易可以割傷——」。這五行句子打醒我們：時間點滴流逝，死亡於吞吐間進逼。小船是陸地的延伸，是凡人安全和補給的保障，對兀自空吸的魚鰓來說，氧氣硬是多到致命，那隻魚身陷可怕的異域。

那麼，詩人呢？有驚嚇，駭異，有陷入困境嗎？似乎沒有，至少在船上的此刻，還沒有。或許因為，詩人自小就是氣喘患者，她知道時候未到，而且她的觀察才剛開始要深入。宛如學校的生物解剖課般，詩人邊操作邊講解這條大魚的肉質肌理，硬骨，細刺，紅黑泛光的內臟，飽滿的魚鰾像一朵粉紅大牡丹。

如此這般尋思後，回到第一人稱，和那個外露的，最能洩漏訊息的器官正面遭遇：「我盯著他的眼睛」。詩人直直看進他的眼睛，構造相似卻又處處點明差異的眼睛：「它們輕輕游移，不是／在回應我的注視／——比較像／某物趨光的傾斜。」沒有躲開，沒有迎合，沒有任何可供辨識的情緒流露；那隻魚的眼睛趨光游移，如此而已。

如此而已。從那隻魚上鉤，被拽起上半身離水，我們跟著詩人勃發的目光和心思，一行一行來到這裏，被「某物趨光的傾斜。」的句點止住。魚眼般的小圓句點，彷彿讓詩人守住分際，克制探索的渴望上升至主客體視域融合，渲染形上或私人神話的誘惑；畢竟那隻魚的目光輕輕游移的情狀，全然不同於荻金生在冬日午後，給她帶來天堂的傷的那道斜光。

畢竟，詩人還是被那張不為所動的臉打動了。理由既充分又實際：她花了足足十七行，慢鏡頭特寫，讓我們清楚看見，什麼時候，五隻斷了線的大釣鉤牢牢長在他的嘴裏，像戰功彪炳，死過五回，獲頒殊異勳章的不敗者。活生生見證到這教人屏住呼吸的天堂般的傷，詩人的感官跟著膨脹，變形，波及她眼下棲身的世界——這艘租來的小船——「直到一切／都是彩虹，彩虹，彩虹！」在這稜鏡折射的奇境當中，她把魚放走了。

9

第三首，茲比格涅夫．赫貝特的〈卵石〉。兩點之間最短的距離為直線。時空中流轉的自然萬物天生有彎有曲。即便是冬日午後的那道斜光，受到重力作用，也不會完全筆直。卵石的形狀橢圓，質地細緻，除了常見的青灰色，紅黑白黃綠都有。查劍橋詞典，creature，指的是任何可以自主動彈的生物，身體或大或小，尋常可見或神秘虛構。詩人一開頭便下結論：「卵石／是一種完美的造物」，再來他用四節雙句跨行的詩體，一一臚列卵石的完美性質，最後說它「恰如其分而飽含尊嚴」。

這首詩的英譯出自赫貝特的波蘭同鄉前輩詩人

米沃什，以及米沃什在加州大學柏克萊分校的英語系同事史考特，史考特本身也是詩人。我相信這首英譯應該是鐵打的，詩的用字，音調，節奏，輕重自若，恰如其分。讚頌了卵石的完美之後，赫貝特用他寫詩的手，勞動的手，捍衛的手，反抗的手，詩人把完美的卵石拿起來握在手中，他「感到一股沉重的愧疚」，因為卵石「貴重的身軀」，被詩人之手「造作的溫熱滲入」。帶著這股愧疚，詩人寫下最末三行啟示錄般的警語：「——卵石不能被馴化／到終了它們都將看著我們／用平靜且清澈異常的目光」。彷彿設下一行空白壕溝還不夠，詩人於複數的「卵石」前加上破折號，標明卵石們必須和任何造作的溫熱拉開距離——拒絕被馴化。「到終了」，是誰的終了？卵石的終了，我們的終了，就要發生，已經發生，永遠不會消失的終了？還有，卵石看著我們的眼睛，靈魂看見白色紙面的魔鏡上令她甦醒的奇蹟的眼睛，那隻魚輕輕游移趨光的眼睛。這些眼睛，那些眼睛，說明變形的確就是詩歌的觀看之道，變形是為了迫使詩歌發明出看著你的世界的我的眼睛，以及看著我的世界的你的眼睛。

10

〈美人〉這首詩分兩節，各十二行。第一節屬於美，第二節屬於人。不過這樣的結構和內容不是特意為之的設計，是寫完，甚至是現在準備講稿才發現的。首句「全部她都知道」確立了這首詩的懺情錄基調，但不是唐璜式的懺情錄，而是每個男人在愛慕的人面前全都有點蠢相的那種懺情錄。這蠢相，來自美人如果注意到你，你會陷入她看見，或者就要看見你犯下的所有過錯的困境。如果她無視於你，那麼你的存在即是異己的地獄。有這麼嚴重？希望沒有。可是一旦你有幸遇到，或者蠢到把心上人上升到傾城傾國的地步時，何懷碩說：為了美人而放棄江山固然愚蠢，為了江山而放棄美人，不但同樣愚蠢，而且毫無男子氣概。

所以下場不用說，你要嘛是蠢蛋，要嘛是狗熊。而且只要給你時間，通常你會兩者包辦。「跟美人相逢／時間被時間消化」，指的就是遲早時間會讓你原形畢露。白點罩衫像如來神掌，把吐露和沒有吐露的衷曲一股腦收服，「數到萬一」。萬一，萬分之一，漸遠漸去漸無。你曾經湧現的衷曲有去無回，消失殆盡；同時你的衷曲怎麼說都還有萬一，不會被棄絕，不管多麼微不足道。它依然留在杯底，沒能被喝乾，依然充滿意義。你望著杯底，杯底望著你，感覺像是用叉子喝湯，拿石頭榨汁。手中的仙女棒受潮了，可能存放不當，被什麼東西——陣雨，威士忌，黑咖啡，淚滴之類——濺到，如果你點燃而它真的劈啪作響射出火星，黑暗中你的自言自語就有可能變形，成為這裏搖曳，那裏搖曳的詩句。

〔hikari〕004

尼安德塔樂園的嘆息

作者　郭品潔
副總編輯　洪源鴻
責任編輯　董秉哲
封面設計　萬亞雰
版面構成　adj. 形容詞
行銷企劃　二十張出版

出版　二十張出版——遠足文化事業股份有限公司
發行　遠足文化事業股份有限公司（讀書共和國出版集團）
地址　新北市新店區民權路108之3號3樓
電話　02・2218・1417
傳真　02・2218・8057
客服專線　0800・221・029
信箱　akker2022@gmail.com
Facebook　facebook.com/akker.fans
法律顧問　華洋法律事務所——蘇文生律師

製版　中原造像股份有限公司
印刷　中原造像股份有限公司
裝訂　中原造像股份有限公司

出版　二〇二五年九月——初版一刷
定價　三八〇元

ISBN —— 978・626・7662・62・5（平裝）、978・626・7662・59・5(ePub)、978・626・7662・60・1（PDF）

國家圖書館出版品預行編目（CIP）資料：尼安德塔樂園的嘆息／郭品潔 著 —— 初版
—— 新北市：二十張出版 —— 遠足文化事業股份有限公司發行 2025.9 232面；13 × 18 公分
ISBN：978・626・7662・62・5（平裝） 863.51 114008944

AKKER
二十張出版
〔hikari〕